1月のおはなし
なんて だじゃれな お正月
石崎洋司 作
澤野秋文 絵
講談社

あーあ、あゆみちゃんはいいなぁ。

「今年《ことし》は年末《ねんまつ》から、家族《かぞく》で、ハワイなのぉ！」

べつに、ハワイが、うらやましいわけじゃない。

あたし、お正月《しょうがつ》が、きらいなんだよね。

寒《さむ》いし、おせち料理《りょうり》は、おいしくないし。テレビはおわらい番組《ばんぐみ》ばっかりで、つまんないし。

それに、パパは、洋服《ようふく》のお店《みせ》をやってるから、二日《ふつか》には、もう仕事《しごと》に行《い》っちゃう。つまり、お出《で》かけもできない。

あーあ、あゆみちゃん、いまごろは、トロピカル～な冬休《ふゆやす》みなんだろうな。それにひきかえ、あたしは、北風《きたかぜ》、ぴーぷーふいている、神社《じんじゃ》のけいだいを、ひとり、とぼとぼ。

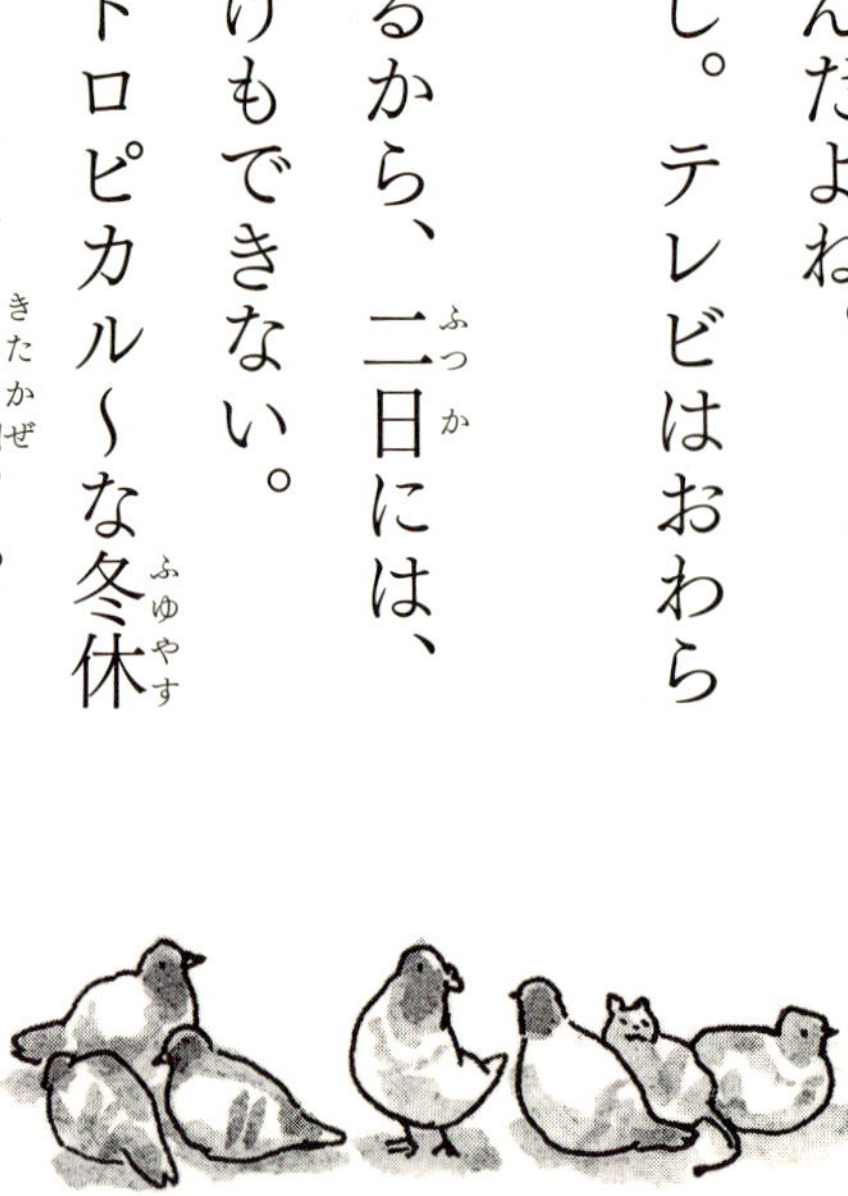

というのも、さっき、
ママに買《か》い物《もの》を
たのまれたからで。
「たいへん！　門松《かどまつ》、
買《か》ってなかった！　さくらちゃん。
さくっと、買《か》ってきて～。」
　さくらが、
さくっとって……。
むすめのなまえで、
だじゃれをかますママって、
いったい……。

だいたい、門松《かどまつ》って、お正月《しょうがつ》にあれば、いいんでしょ？

今日《きょう》は、まだ十二月二十八日《にち》。早《はや》すぎじゃない？

「ぜんぜん、早《はや》くないよ。」

あれ？　いま、だれかの声《こえ》が、聞《き》こえたような……。

「門松《かどまつ》をかざるなら、二十八日《にち》か、三十日《にち》だからね。」

あわてて、ふりかえると、そこに、男《おとこ》の子《こ》が立《た》ってた。

一年生《ねんせい》か、ようち園児《えんじ》ぐらいの、ちっちゃな子《こ》。

まんまるのお顔《かお》に、いがぐり頭《あたま》。ぷくぷくのほっぺは、りんごみたい。そして、着《き》ているのは、ランニング、短《たん》パン、素足《すあし》にズック。見《み》ているほうが、こごえそう……。

「二十九日《にち》はだめ。『九《く》』の字《じ》は『苦《く》』につながるから、『苦《く》

松《まつ》』っていって、えんぎが悪《わる》いんだよ。」

あれ？　なんか、だじゃれっぽくない？

「それに、おおみそかに門松《かどまつ》をかざる、『一夜《いちや》かざり』もだめ。おそう式《しき》みたいに、あわてた感《かん》じがするだろ？」

は、はあ……。

「だから、おねえちゃん、早《はや》く、門松《かどまつ》、買《か》ってよ。おいら、住《す》むところに、こまるんだよね。」

おねえちゃん？　なんなの、この、なれなれしさ。

「だって、おいら、まだ六さいだもの。」

ま、まあ、六さいから見《み》たら、おねえちゃんか……。

「あ、あのう、それより、どうして、あなたがこまるの？」

「だって、おいら、年神《としがみ》だもの。」

は？

「と・し・が・み！　おいら、お正月《しょうがつ》の神《かみ》さまなの！」

な、なんなの、この子《こ》……。

あ、わかった。お店《みせ》の子《こ》でしょ。
むこうのとりいの下《した》に、
門松《かどまつ》やら、しめなわやら、
売《う》ってる露店《ろてん》が、出《で》てたもの。
そうだよ、早《はや》く買《か》わせようっていう、
さくせんなんだよ。
「とにかく門松《かどまつ》を買《か》う！
『輪《わ》かざり』、サービスするから、トイレと台所《だいどころ》に
かざって。そこにも、神《かみ》さまがいるんだし！」
ふう。さすが、お店《みせ》の子《こ》。商売《しょうばい》っけ、
たっぷりです……。

TOILET

さて、おおみそかの夜《よる》。
あたしは、ずいぶん早《はや》く、目《め》がさめちゃった。
なんだか、おなかのあたりが気持《きも》ち悪《わる》い。
たぶん、年《とし》こしそばを食《た》べて、すぐねちゃったからだよ。
時計《とけい》を見《み》ると、四時《じ》。さすがに、パパもママも、
ねているみたいで、おうちの中《なか》は、しーんと、
しずまりかえってる。
あーあ、お正月早々《しょうがつそうそう》、へんな時間《じかん》に
起《お》きちゃったなぁ。
とにかく、ちょっとトイレへ。
まっ暗《くら》なろうかに出《で》て、トイレの戸《と》を開《あ》けると。

白《しろ》い着物《きもの》を着《き》た女《おんな》の人《ひと》がいた。若《わか》くて、きれいだけど、
きゅっと切《き》れ上《あ》がった目《め》で、あたしをにらんでて。
まさか、ゆうれい……。

「あれは、『かわや神《がみ》』だよ、おねえちゃん。」

ぎょっとして、ふりかえると、ちっちゃな男の子《おとこ》が、立《た》ってた。顔《かお》はまんまるで、いがぐり頭《あたま》。

「ああ！　あんた、神社《じんじゃ》にいた、男の子《おとこ》！」

でも、このあいだとは、かっこうがちがう。白《しろ》い着物《きもの》に、だぼだぼのズボン。なんだか、神社《じんじゃ》の神主《かんぬし》さんみたい……。

でも、どうして、あたしのおうちに？　だいたい、いま夜中《よなか》だよ。子《こ》どもがひとりで、出歩《である》くなんて……。

あっけにとられるあたしをよそに、男の子《おとこのこ》は、勝手《かって》に、あたしのお部屋《へや》に入《はい》っていく。で、すぐに出《で》てくると、あたしの手《て》に、まるいものをおしつけた。

あれ？　これ、前《まえ》にもらった、わらで作《つく》った輪《わ》っか……。

「これ、持《も》って、ついてきて。」

男《おとこ》の子《こ》がむかったのは、こんどはトイレ。で、バカッとトイレの戸《と》を開《あ》けると、さっき見《み》た美人《びじん》さんが、ぎろり。

「これは、『かわや神《がみ》』。トイレの神《かみ》さまさ。おねえちゃんが、輪《わ》かざりを、トイレにかざらなかったから、おこって、化《ば》けて出《で》てきたんだよ。」

やっぱり、ゆうれいじゃないの！

「ちがうって。それより、早《はや》く輪《わ》かざりをかざって！」

な、なんだかよくわからないけど、かざれば、消《き》えてくれるのね。だったら、かざります……。

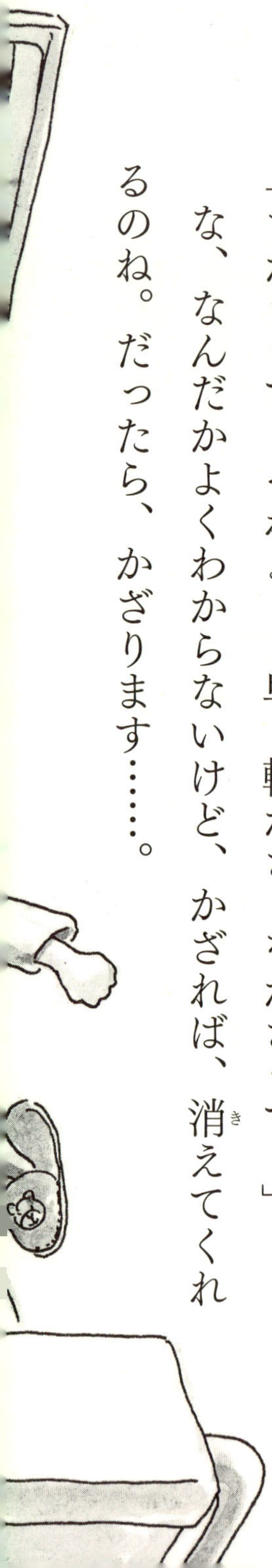

で、輪《わ》かざりを、お水《みず》をためるタンクの上《うえ》に、のせると。あらら、白《しろ》い着物《きもの》の美人《びじん》さん、みるみる、やさしい笑顔《えがお》に。そして、そのまま、すうっと、消《き》えちゃった……。

「かわや神《がみ》は、やさしい女神《めがみ》なんだ。トイレをきれいにしておけば、美人《びじん》の女《おんな》の子《こ》が生《う》まれるようにしてくれるんだよ。」

はあ……。

「さあ、こんどは、台所《だいどころ》の神《かみ》さまの『かまど神《がみ》』だよ。」

男《おとこ》の子《こ》は、暗《くら》い階段《かいだん》を、ずんずんおりると、まっすぐキッチンへ。でも、入《い》り口《ぐち》で、ぱたっと足《あし》を止《と》めた。

「ああ、やっぱり、おこってる。見《み》てごらん。」

いわれるままに、うす暗《ぐら》いキッチンをのぞいてみると……。

うわっ、知《し》らないおじさんがいる！

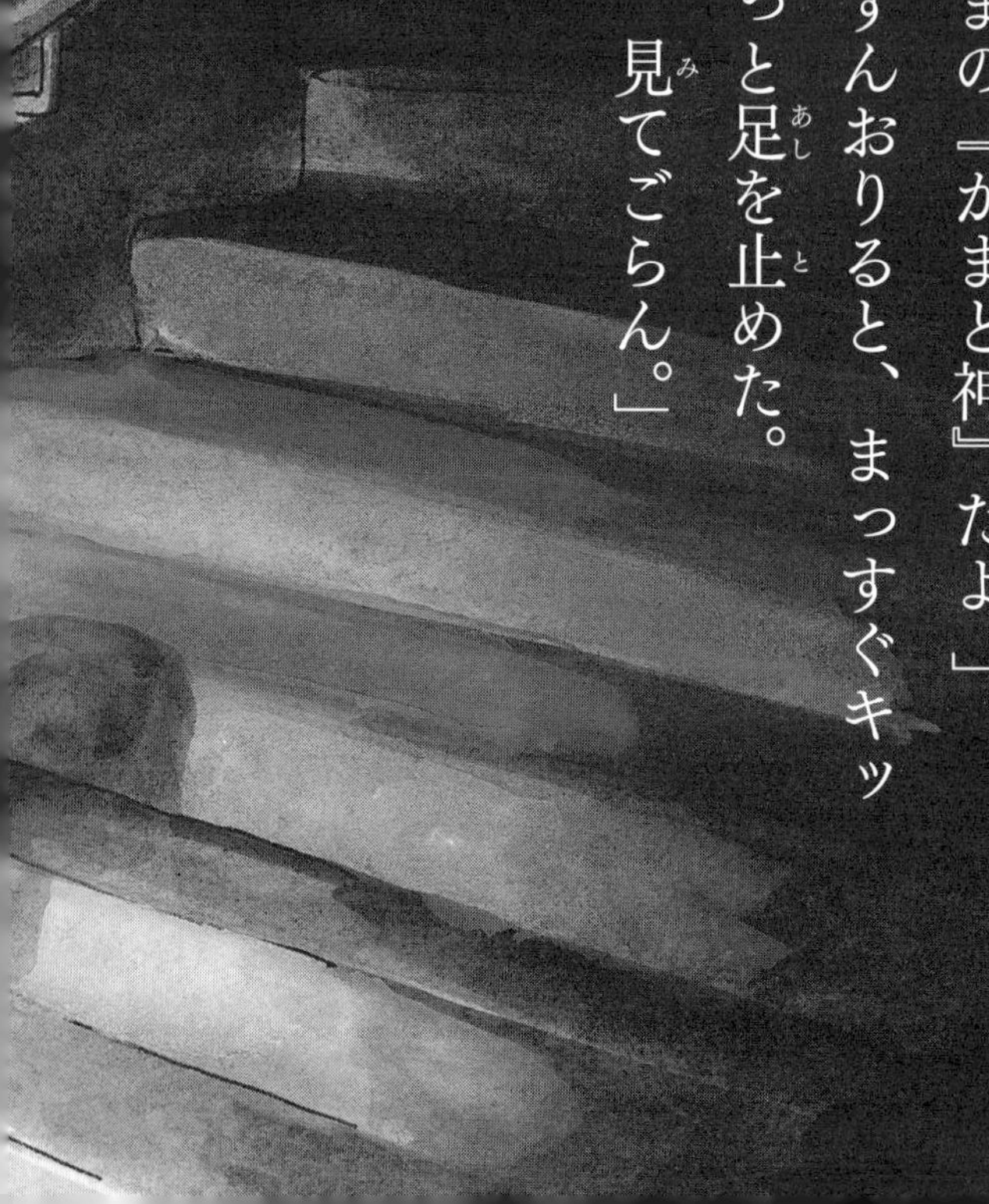

つるっぱげの頭《あたま》に、
てぬぐいをかぶって。
口《くち》はタコみたいに、
きゅっとすぼめてる。
「でも、
おこってない
みたいだよ。
『ひょっとこ』の
お面《めん》みたいで、
おもしろい。」

「顔《かお》はね。だって、『ひおとこ』だから。」

「ひおとこ」？

「台所《だいどころ》は、火《ひ》を使《つか》う場所《ばしょ》だろ？　だから、かまど神《がみ》も『火《ひ》男《おとこ》』なの。で、『火《ひ》男《おとこ》』→『ひおとこ』→『ひょっとこ』。」

がくっ……。また、だじゃれですか……。

「早《はや》く輪《わ》かざりを！　かまど神《がみ》は、火《ひ》の神《かみ》でもあるんだよ。これいじょうおこらせると、火事《かじ》をおこされちゃうよ！」

火事《かじ》！　そ、それは、まずいです！

あたしは、こわいのもわすれて、台所《だいどころ》へ突入《とつにゅう》。で、輪《わ》かざりを、マグネットで、れいぞう庫《こ》のドアに、ぺたり。

そうしたら、ひょっとこさん、にたあって、わらったかと

思《おも》うと、　体《からだ》をくねくねさせながら、　おどりだした！
でもって、　さっきのトイレの神《かみ》さまみたいに、
すうっと消《き》えていき……。

「じゃあ、次《つぎ》は、『若水《わかみず》くみ』だね。」

「バカ水《みず》くみ？」

「『若水《わかみず》くみ』！　年《とし》が明《あ》けて、最初《さいしょ》に水《みず》をくむこと！　ほんとは、井戸《いど》や川《かわ》へくみに行《い》くんだけど、水道《すいどう》でいいよ。」

男《おとこ》の子《こ》は、勝手《かって》に戸《と》だなを開《あ》けて、コップをだしてきた。

「これに水《みず》を入《い》れて、おいらにちょうだい。飲《の》むから。」

「だったら、れいぞう庫《こ》に、ミネラルウォーターがあるよ。」

そのとたん、男《おとこ》の子《こ》ったら、頭《あたま》をぶるぶるっと、ふった。

「若水《わかみず》くみは、新年《しんねん》の朝《あさ》、だれにも会《あ》わないうちに、くんで、だれともしゃべらないうちに、年神《としがみ》さまに、

おそなえする。それでこそ、若水《わかみず》に、
不幸《ふこう》をおっぱらう力《ちから》が、そなわる！」
でも、あたし、もう、あんたと、
しゃべってるけど？
「おいらは、いいの。だって、
年神《としがみ》さまだもの。」
あーあー、また、始《はじ》まったよ。

「はい、お水《みず》。」

「ありがと！　うまい！　やっぱり、若水《わかみず》は力《ちから》がわくな！」

そう？　ただの水道水《すいどうすい》だよ？　って、
そんなことより……。

「ねえ、ひとつ、聞《き》きたいんだけど。」

「なに、おねえちゃん？」

「あんた、いったい、だれ？」

「だから、さっきからいってるように、おいらは年神《としがみ》……。」

「うそつくなぁ！」

あたし、新年早々《しんねんそうそう》、大声《おおごえ》をあげちゃった。

「どう見《み》たって、ただの人間《にんげん》のちびっ子《こ》だよ。だいたい、

自分《じぶん》でも、六さいだって
いってたじゃない！」
「それは、年神《としがみ》さまの
六さいってこと。
あのね……。」
　男《おとこ》の子《こ》は、急《きゅう》に、口《くち》を
とじた。どうやら、
あたしのこわい顔《かお》に、
びびったみたい。
「じゃあ、ちゃんと
話《はな》すから、聞《き》いてくれる？」

おねえちゃん、よくわかってないみたいだけど、日本《にっぽん》には、たくさん、神《かみ》さまがいるんだよ。井戸《いど》には井戸神《いどがみ》、家《いえ》にはやしき神《がみ》、村《むら》や町《まち》ざかいなどには道祖神《どうそじん》、とかね。そして、井戸《いど》も、家《いえ》も、村《むら》や町《まち》も、いーっぱいあるから、そのぶんだけ、神《かみ》さまも、いーっぱいいるの。

で、おいらは、お正月《しょうがつ》の神《かみ》さまの、年神《としがみ》さまなんだ。

もちろん、年神《としがみ》さまも、いっぱいいるよ。ふだんは「年神《としがみ》村《むら》」で、わいわいがやがや、くらしてるけど、お正月《しょうがつ》になると、日本中《にっぽんじゅう》の家《いえ》に出《で》かけて、門松《かどまつ》の中《なか》で、くらす。みんなが、楽《たの》しくお正月《しょうがつ》をすごせるよう、見守《みまも》るためにね。

でね、ぼくも、六さいになったから、今年《ことし》から、年神《としがみ》さま

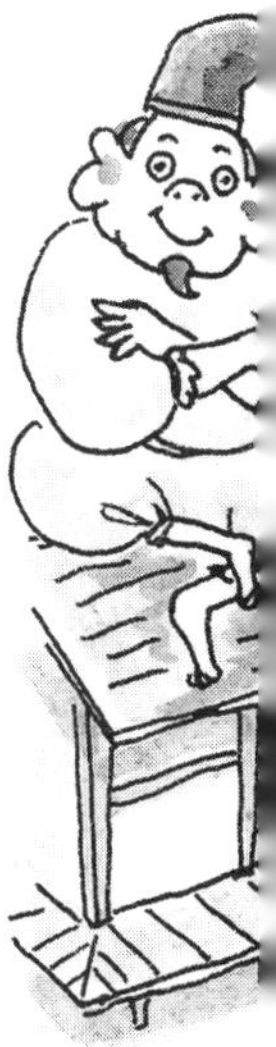

の仕事《しごと》をすることになったんだよ。ところが、
町《まち》に来《き》てみたら、空《あ》いている門松《かどまつ》が見《み》つからなくて。
最近《さいきん》は、門松《かどまつ》をかざる家《いえ》も少《すく》ないし、やっと見《み》つけたと思《おも》っても、せんぱいの年神《としがみ》さまが、もういすわっていたり。
うわぁ、こまったなぁって、思《おも》ってたところへ、おねえちゃんが、門松《かどまつ》を買《か》いにきたわけ……。

子《こ》どもっぽい作《つく》り話《ばなし》！　って、あたしも、子《こ》どもか。

「それで？　これから、どうしようっていうわけ？」

「お正月《しょうがつ》が終《お》わるまで、ここに住《す》んで、お正月《しょうがつ》の行事《ぎょうじ》について、いろいろと教《おし》えてあげるの。」

お正月《しょうがつ》が終《お》わるまで、毎日《まいにち》？　しんじられない……。

「あ、もう夜《よ》が明《あ》けるよ！　初日《はつひ》の出《で》をおがみに行《い》きなよ！」

えー？　外《そと》、行《い》くの？　寒《さむ》いから、やだ……。

「なにいってるの！　初日《はつひ》の出《で》といっしょに、年神《としがみ》さまが、やってくるものなんだよ！」

ほうら、うそが、ばれちゃった。それなら、いま、

ここに来《き》ているあんたは、年神《としがみ》さまじゃないってことだよ。
「おいらがいってるのは、『正式《せいしき》に』っていうこと！
いいから、早《はや》く行《い》こう！」
あたしは、ひきずられるようにして、外《そと》へ。
うー、寒《さむ》い……。あれ？　あの子《こ》、どこ行《い》った？
急《きゅう》にいなくなっちゃったけど。
ん？　門松《かどまつ》がゆれてる。風《かぜ》もないのに……。
それじゃあ、あの子《こ》、ほんとに、この中《なか》に？

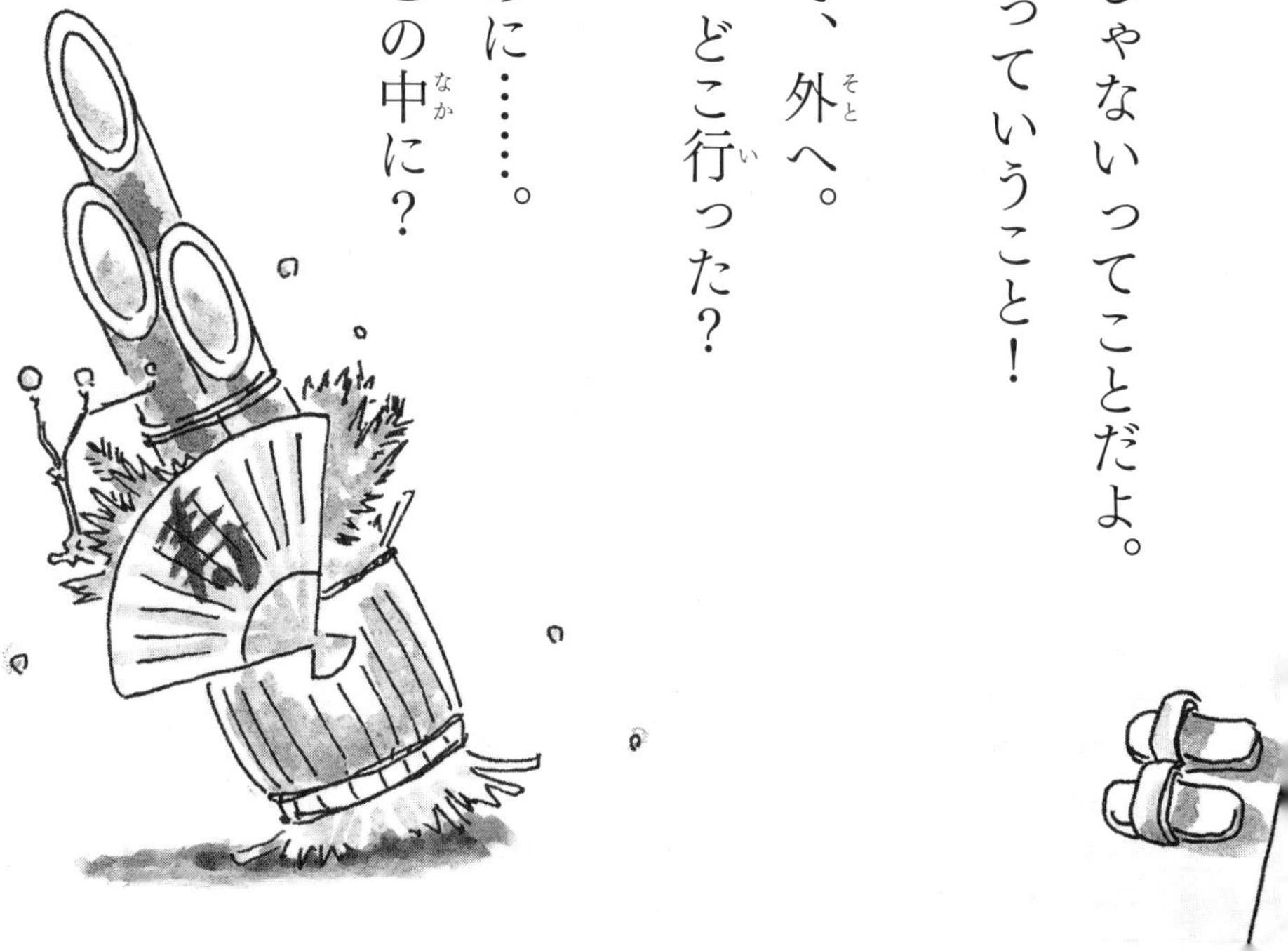

ま、まさか。朝《あさ》になったから、家《いえ》に帰《かえ》ったんだよ。

……あ、太陽《たいよう》がのぼってきた。大《おお》きなみかんみたい。

はじめて見《み》たけど、初日《はつひ》の出《で》って、きれいなんだなぁ。


「あけまして、おめでとう！」

「今年《ことし》も、よろしくおねがいしまーす！」

一月一日《がっついたち》。朝《あさ》の十時《じ》。

パパとママ、そして、あたしは、新年《しんねん》のごあいさつ。

テーブルには、お重《じゅう》に入《はい》った、おせち料理《りょうり》。つけっぱなしのテレビから、おわらい芸人《げいにん》さんたちの、けたたましい声《こえ》。

ああ、こういうのが、あたし、苦手《にがて》なんだよ……。

ピンポーン。

「あら、だれかしら。新年早々《しんねんそうそう》。」

ママが、げんかんに走《はし》っていったと思《おも》ったら。

「パパ！　さくら！　来《き》て！

おもしろい子《こ》がいるわよ！」

あわてて、パパとあたしが、行《い》ってみると、

「新年《しんねん》あけましておめでとうございますぅ～。」

うっそ！　あの子《こ》だよ。そう、年神《としがみ》さまだとかいう、男《おとこ》の子《こ》。ゆうべと同《おな》じ、神主《かんぬし》さんみたいな、かっこうしてて。

「この子《こ》ね、市役所《しやくしょ》の子《こ》どもボランティアなんですって。」

「はい！　ぼく、町《まち》のみなさんに、わらいと幸《しあわ》せをおとどけに、まわってるんです！　年神《としがみ》くんって、よんでください！」

こ、こいつ、また、いいかげんなことを……。

「まずは、これをさしあげます～。」

年神《としがみ》くんは、あたしたち三人《にん》に、一まいずつ、紙《かみ》をくれた。そこには、船《ふね》に乗《の》った七人《にん》の神《かみ》さまの絵《え》が、かかれていて。

「これは『たから船《ぶね》』です！　船《ふね》に乗《の》っているのは、七福神《しちふくじん》という、おめでたい福《ふく》の神《かみ》さまたち。この絵《え》を、まくらの下《した》にしいてねれば、えんぎのいい『初《はつ》ゆめ』が見《み》られます！」
「まあ、ただでくれるの？　ありがとう〜。」
はあ。ママったら、ただのものには、目《め》がないんだから。

「このおうちは、七福神《しちふくじん》のようですね。
パパさんは、この大黒《だいこく》さまみたいに、
どっしりとして、たよりになりそうだし、
ママさんは、べんてんさまのように、
お美《うつく》しい。そして、こちらのおねえちゃんは、
ほていさまみたいに、ぷくぷくしてて。」
「あたしは、このおなかをだした、
デブの神《かみ》さま？　だいたい、
このほていさまとかいう神《かみ》さま、
男《おとこ》じゃないの！」
「まあ、そのへんは、気《き》にしないで。」

気《き》にするよ！　こうなったら、ぎゃふんといわせてやる。
「ちょっと、いま、あたしたちのこと、
七福神《しちふくじん》みたいだって、いったけど、うちは三人家族《にんかぞく》よ。
四人《にん》たりないじゃない？」
ところが、年神《としがみ》くんは、すずしい顔《かお》。
「パパさん、洋服屋《ようふくや》さんですよね。
『よう・ふく』で、『四福《よんふく》』。これで七福《しちふく》～。」
「おもしろい！　ここは寒《さむ》いし、
中《なか》に入《はい》りなさい！」
パパ、だめだよ。
おうちに入《い》れたりしたら……。

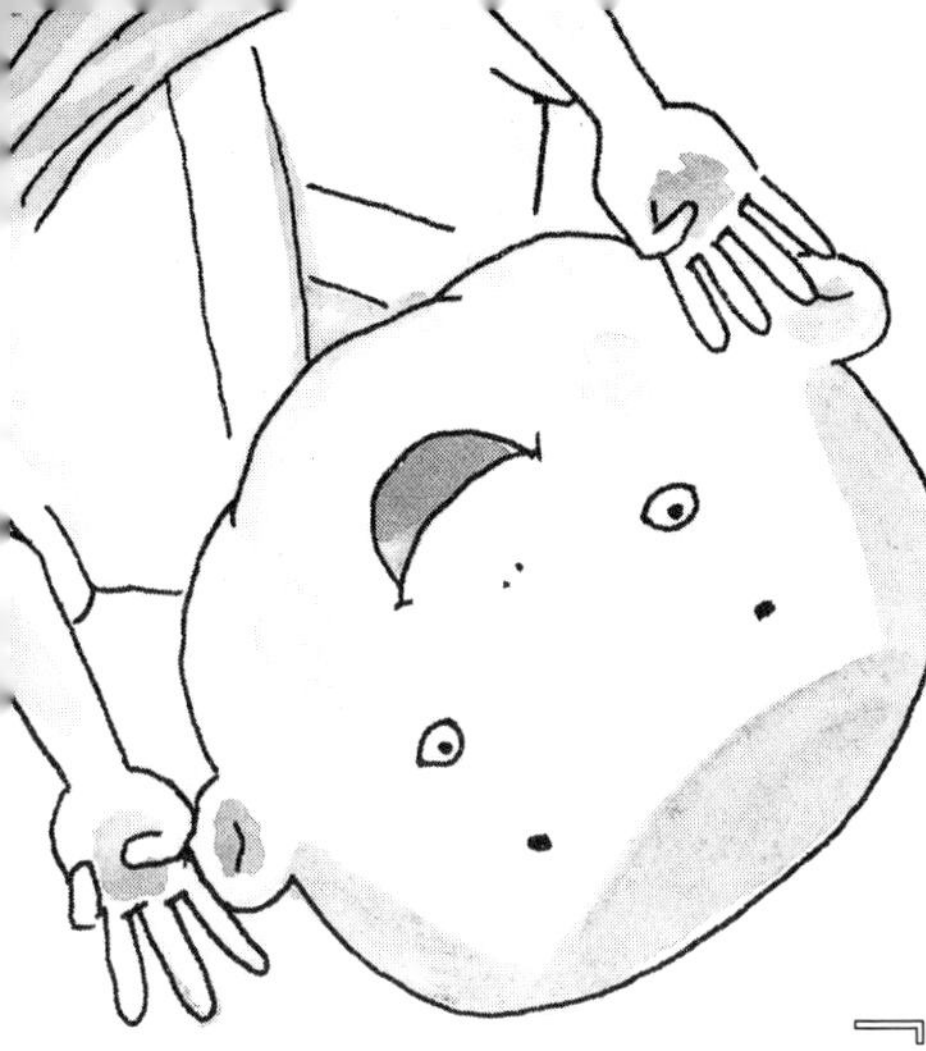

でも、そのときにはもう、
年神《としがみ》くんは、リビングに。
「ああ、いいですねぇ。鏡《かがみ》もちも、
ちゃんとかざってある！」
まったく、いい気《き》になって。待《ま》ってなさいよ、
あたしが、本気《ほんき》になったら、ただじゃ
すまさないんだから。
「ねえ、なんで鏡《かがみ》もちっていうの？
鏡《かがみ》になんか、ぜんぜんにてないじゃない。
教《おし》えてよ、だじゃれなしで！」
どう？　こういえば、もう、だじゃれ、

いえないでしょ。

「それは、むかしの日本《にっぽん》の鏡《かがみ》は、まるかったからだよ。」

がくっ。まともな答《こた》え……。

「そして、むかしの人《ひと》は、鏡《かがみ》には、人《ひと》のたましいをうつす、ふしぎな力《ちから》があるとしんじてた。また、むかしは、おもちは、神《かみ》さまの食《た》べ物《もの》だった。このふたつの考《かんが》えがくっついて、鏡《かがみ》の形《かたち》のおもちを、年神《としがみ》さまに、おそなえすることになったんだよ。」

「なるほど、それで、鏡《かがみ》もちっていうのね。なっとく〜。」

ま、まずい。パパもママも、真剣《しんけん》に聞《き》いてるよ。

ようし、答《こた》えにつまるまで、質問《しつもん》してやる！

「だったら、どうして、鏡《かがみ》もちの上《うえ》に、みかんをおくの？」

ところが、年神《としがみ》くんったら、ますます、とくいそうな顔《かお》。

「それは、みかんじゃなくて、『だいだい』だよ。」

「だいだい？」

「この家《いえ》の子《こ》どもも、まごも、『代々《だいだい》』さかえるようにって！」

ああっ！　だじゃれ、いった！

「それは、パパも、『だいたい』知《し》ってたぞ。」

「勉強《べんきょう》になるわねぇ。お礼《れい》に、おせち料理《りょうり》、食《た》べていって。」

だめだ。かんぜんに、この子《こ》のペースにはまってる……。

「はい！　それじゃあ、お言葉《ことば》にあまえて～。」

ちょっと、そこ、あたしのせき……。

「おっ、『こんぶまき』！　こんぶは
えんぎがいいから、おせち料理《りょうり》には
かかせないんですよね。だって……。」
男《おとこ》の子《こ》は、おはしで、こんぶまきを、
高々《たかだか》とかかげた。
「みんな、よろこんぶ！」
「おおっ！　こんぶで、みんな、よろこんぶ！」
パパ、いちいち、くりかえさないで……。
「黒豆《くろまめ》で、今年《ことし》も『まめまめしく』
はたらけますように！」
「黒豆《くろまめ》で『まめまめしく』

はたらけますように！」

もう、あたしのいうことなんか、だれも、聞《き》いてない。

「タイのやき物《もの》、おめでたい！」

「紅白《こうはく》かまぼこ、初日《はつひ》の出《で》にそっくり～。」

「金色《きんいろ》のきんとんで、お金《かね》がざっくざく～。」

もう、止《と》まりません……。

「いやあ、パパさん、ママさん、ごちそうさまでした～。」

……ああ、おせち料理《りょうり》を食《た》べちらかしちゃって。

「それじゃあ、おねえちゃん、あしたは、書《か》きぞめの指導《しどう》にくるからね。さようなら〜。」

「ちょっと待《ま》ったぁ！」

　このまま、帰《かえ》すわけにはいかないよ。一回《かい》だけでも、口《くち》ごもらせてやらないと、あたしの気《き》がすまないもの。

「あのさ。さっき、いい初《はつ》ゆめが見《み》られるからって、たから船《ぶね》がかいてある紙《かみ》、くれたよね。でも、悪《わる》いゆめを見《み》たら、どうしてくれる？」

　でも、年神《としがみ》くん、またまた、にたり。

「だいじょうぶ。うらに『ばく』がかいてあるから。」

うら？　あ、へんな動物《どうぶつ》の絵《え》がある。体《からだ》がクマで、鼻《はな》はゾウ、あしがトラの、かいじゅうみたい……。

「だって、ばくは、悪《わる》いゆめを、ばくばく、食《た》べてくれるもの。」

ああ……。最後《さいご》まで、だじゃれ。

もう、どうなってるの、このお正月《しょうがつ》！

　で、お正月《しょうがつ》の二日目《ふつかめ》の朝《あさ》。

「さあ、今日《きょう》から、初仕事《はつしごと》だ〜。」

　そう、パパのお店《みせ》は今日《きょう》から。

　つまり、あたしのおうちの
お正月休《しょうがつやす》みは、もう終《お》わりってこと。

「ねえ、パパ。お年玉《としだま》は？」

「あれ？　きのう、あげなかったっけ？」

もらってません！　きのうは、年神《としがみ》くんのせいで、
なにもかも、ペースがくるっちゃったじゃないの。

「ああ、そうか。よし。

ちょっと待《ま》ってろ。」

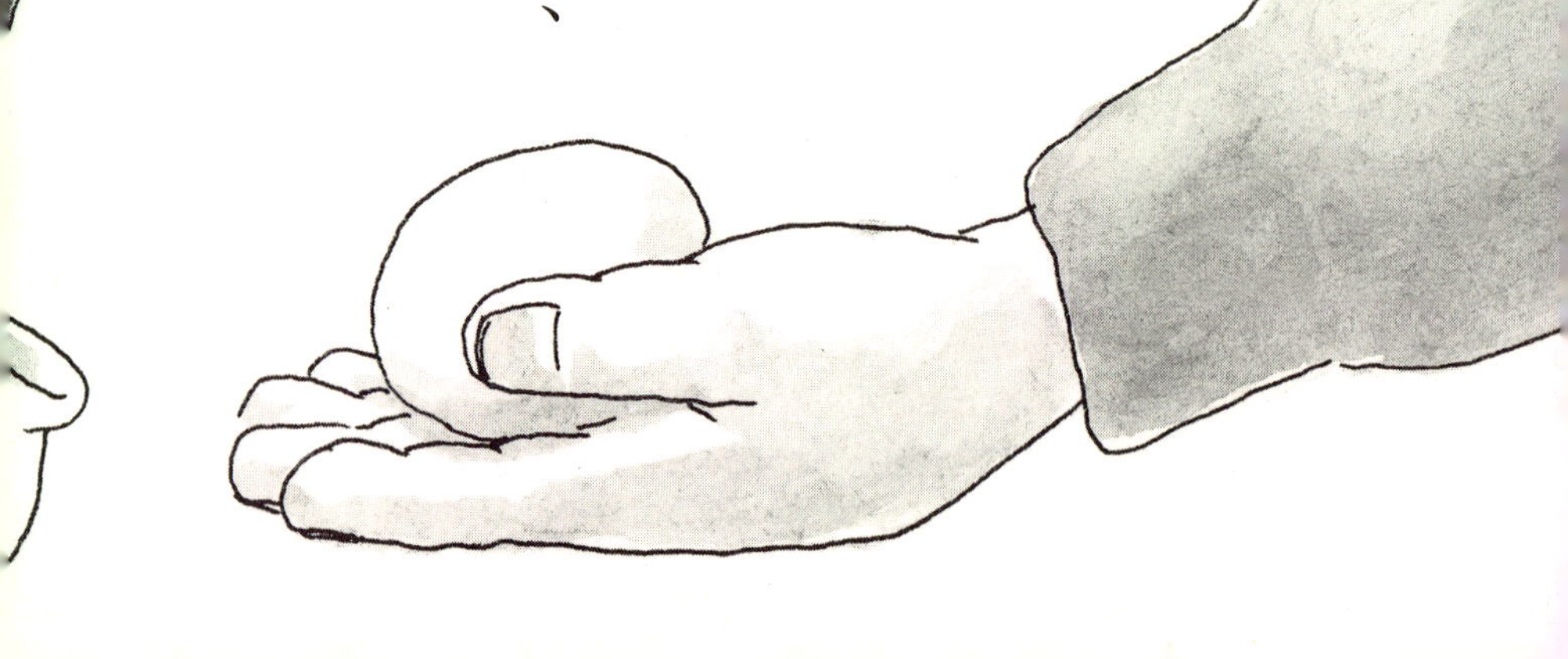

パパが、カバンを、
ごそごそ、かきまわしていたとき。

ピンポーン。

「おはようございます。ぼく、年神《としがみ》くんです！」

勝手《かって》にずかずかとあがってくると、
年神《としがみ》くんは、白《しろ》くて、まるいものを、さしだした。

「パパさん、お年玉《としだま》なら、これを！」

「ええ？　でも、これは、おもちじゃないか。」

パパは目《め》をまるくしてる。

でも、年神《としがみ》くんは、にっこり。

「おもちには、年神《としがみ》さまのたましいが、宿《やど》ってるんです。『年《とし》』神《がみ》さまの『たま』しいで、『お年玉《としだま》』ってことで、おもちをあげるんですよ。おいしいおもちろいでしょ？」

ああ、今日《きょう》も、いきなり、だじゃれ……。

「おいしいおもちろい！　よし、さくら！　はい、お年玉《としだま》！」

あたし、あぜん……。

「さあ、おねえちゃん、書《か》きぞめしようか。ちゃんと、やってよ。おいら、帰《かえ》れなくなるからさ。」

帰《かえ》れない？　また、わけのわからないこと、いってる。

で、気《き》がついたときには、なぜだか、あたしは自分《じぶん》のお部《へ》

屋《や》に。年神《としがみ》くんとならんで、
お習字《しゅうじ》の道具《どうぐ》を、広《ひろ》げていて……。

まあ、いいや。どうせ、
書《か》きぞめは、冬休《ふゆやす》みの宿題《しゅくだい》だし。
それに、お手本《てほん》どおりに書《か》けば、
いいわけで……。
『春《はる》はあけぼの』

「へたな字《じ》！　『春《はる》はばけもの』って、書《か》いたのかと思《おも》った。」

そんなわけないでしょ！

「でも、心配《しんぱい》しないで。これを、どんどやきでもやせば、字《じ》が上手《じょうず》になるからね。」

「どんどやき？　なにそれ？」

でも、年神《としがみ》くんったら、あたしのことは、むし。

「よし、書《か》きぞめも終《お》わったから、こんどは、はねつきして、遊《あそ》ぼう！」

はねつき？　外《そと》で？　やだよ、寒《さむ》いもん！

でも、あたしは、ひきずられるようにして、外《そと》へ。しかも、年神《としがみ》くん、なぜか、お習字《しゅうじ》の道具《どうぐ》も、いっしょに持《も》ってる。

「はねつきは、ただの遊《あそ》びじゃないんだ。おねえちゃんが、一年間《ねんかん》、病気《びょうき》にかからないようにするためなんだから。」

はねつきをすると、病気《びょうき》に
かからない？　なぜ？
「ひみつは、これ、ムクロジっていう
植物《しょくぶつ》の実《み》。」
　年神《としがみ》くんは、羽根《はね》の先《さき》についた、
かたくて、黒《くろ》い石《いし》みたいなものを、指《ゆび》さした。
「漢字《かんじ》で書《か》くと『無患子《むくろじ》』。『無《む》』は『ない』。
『患《くろ》』は『病気《びょうき》』のこと。そして『子《じ》』。つまり……。」
「無患子《むくろじ》」＝「病気《びょうき》」の「ない」「子《こ》ども」。
　またまた、だじゃれというか、こじつけというか……。
「意味《いみ》がわかったところで、さっそく始《はじ》めるよ！」

カーン！

わっ！　勝手《かって》に始《はじ》めないで。まだじゅんびしてない……。

と、思《おも》ってるあいだに、羽根《はね》は、ぽとりと地面《じめん》に。

「おねえちゃんの負《ま》け～。顔《かお》に、すみをぬるぞ～。」

「ちょ、ちょ、ちょっと、なにするのよ！」

「羽根《はね》を落《お》とした人《ひと》は、顔《かお》にすみをぬられるのが、
ルールなの。
それにね、
これは、まよけの
意味《いみ》があるんだよ。」

すみが、まよけ？

「だから、おねえちゃん、顔《かお》にたくさんすみをつけよう！」

そ、そうはいくもんですか！　ようし、こうなったら、あんたの、そのぷくぷくほっぺを、まっ黒《くろ》にしてやる！

でも、顔《かお》じゅう、まっ黒《くろ》にされたのは、あたしのほうで。

あの子《こ》、ちびのくせに、やたらに、上手《じょうず》なんだよ。

「おねえちゃん。あしたは、コマで遊《あそ》ぼう！　コマをまわせば、知恵《ちえ》が『まわる』！　お金《かね》が『まわる』！」

も、もういいよ、だじゃれは……。

「あーあ。なんか、
さんざんなお正月《しょうがつ》だなぁ。」
その日《ひ》の夜《よる》、あたしは、
ベッドに、ばったりたおれた。
「だじゃれのあらし！
お年玉《としだま》は、ちっちゃな
おもちが一こだけ！」
それもこれも、
あの年神《としがみ》くんのせい。

なんとかしなくちゃ。
このままじゃ、あの子《こ》に、
冬休《ふゆやす》みじゅう、
苦《くる》しめられちゃう。
「でも、どうしたら……。」
そのとき、ふと、つくえの
上《うえ》の紙《かみ》に、目《め》がとまった。
たから船《ぶね》に乗《の》った七福神《しちふくじん》の
絵《え》がかいてある紙《かみ》。
「そうだ。あれを使《つか》えば……。」

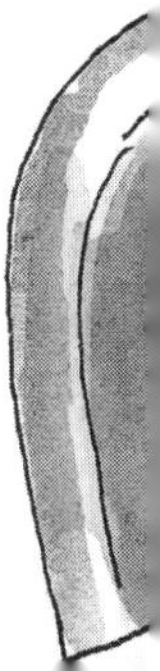

「さくらぁ。起《お》きなさぁい。いつまでねてるのぉ？」

階段《かいだん》の下《した》から、ママの声《こえ》。カーテンのむこうは、ぴかぁっと、明《あか》るい。あわてて、時計《とけい》に目《め》をむけると、

「うっそ。九時《じ》すぎてる。」

あたし、何時間《なんじかん》、ねたんだろ？　とにかく、ねすぎなのは、たしか。でも、そのわりには、まだねむい。

そのわけはといえば、ゆめを見《み》たから……。

そうだ！　ゆめで思《おも》いだした！　たしかめなくちゃ！

あたしは、まくらを、どけてみた。そこには、いい初《はつ》ゆめを見《み》るための、たから船《ぶね》の絵《え》。

それを、うらがえすと……。

「あ、ばくのおなかが、ふくらんでる。
ってことは……。」
食《た》べられちゃったのかも。
実《じつ》は、ゆうべ、あたし、
目《め》をとじながら、なんども、
となえたんだよ。
「悪《わる》いゆめを見《み》ろ、悪《わる》いゆめを見《み》ろ。
年神《としがみ》くんに、こまらされている、
かわいそうなあたしの
ゆめを見《み》ろ。」

で、見《み》たような気《き》がする、悪《わる》いゆめを。
『火男《ひおとこ》、ひおとこ、ひょっとこ〜』
『こんぶまき食《た》べて、よろこんぶ〜』
年神《としがみ》くんのだじゃれに、あたしが頭《あたま》をかかえる、ゆめ。
そうしたら、そこへ、ばくがあらわれて！
『悪《わる》いゆめは、食《た》べてやる！　ばくばくばく〜！』
年神《としがみ》くんは、ぱくっと、
のみこまれてしまい……。
夕方《ゆうがた》の五時《じ》。まどの外《そと》が、
暗《くら》くなりかけたころ。

「年神《としがみ》くん、来《こ》ないわねぇ。」
テレビを見《み》ながら、ママが、ぽつり。
「今日《きょう》は、コママわしを、
教《おし》えてくれるって、
いってたんでしょ。
ママも、習《なら》いたかったんだけどなぁ。」
「いそがしいんじゃない？
ボランティアだもの。あちこちの
おうちを、まわってるんだよ。」
そういいながら、あたしは、
どきどきしてた。

年神《としがみ》くん、ほんとに、年神《としがみ》さまだったのかも。
だとしたら、あしたも、あさっても、来《こ》ないはず。
だって、ばくに食《た》べられちゃったんだから。
いい気味《きみ》。そう、思《おも》いたかった。
お正月《しょうがつ》をめちゃくちゃにしたバツだよ。そう思《おも》いたかった。

でも、思《おも》えなかった……。

一月四日《がつよっか》。なんだか、やることなくて、つまんなかった。
一月五日《がついつか》。ひとりで、はねつきしても、つまんなかった。
一月六日《がつむいか》。お部屋《へや》で、ぼうっとしてて、つまんなかった。

一月《がつ》七《なの》日《か》。あしたは、学校《がっこう》だと思《おも》うと、つまんなかった。

「さくら、ぼうっとしてると、ちこくするわよ。」

げんかんに立《た》っていたママが、なにか持《も》ってる。

「門松《かどまつ》をかたづけるのよ。きのうで、
お正月《しょうがつ》は終《お》わりだもの。」

え？　お正月《しょうがつ》、終《お》わり……。

「そうよ。七日《なのか》までが『松《まつ》の内《うち》』っていって、お正月《しょうがつ》なの。」

「年神《としがみ》くんが、そういったの？」

「ちがうわよ。だって、年神《としがみ》くん、三日《みっか》から、ぜんぜん来《こ》な
かったじゃない？」

じゃあ、お正月《しょうがつ》が終《お》わったかどうか、わからないよね……。

「それで、ママ。その門松《かどまつ》、どうするの？」

「すてるのよ。お正月《しょうがつ》、終《お》わりだもの。」

すてるんだ……。

「……いってきます。」

なんだか、ものすごくショックだった。

学校《がっこう》に行《い》っても、やっぱり、つまんなかった。
じゅぎょうのあいだも、休《やす》み時間《じかん》も、ぼうっとしちゃって。
あたし、ほんとに、ひどいことしちゃったんだよね。
お正月《しょうがつ》のこと、いろいろ教《おし》えてくれた年神《としがみ》くん。
だじゃれで、いっぱいわらわせてくれた年神《としがみ》くん。
そんな年神《としがみ》くんを、ばくに食《た》べさせちゃうなんて……。
「それじゃあ、帰《かえ》りの会《かい》を始《はじ》めまーす！」
はっとして、顔《かお》をあげると、先生《せんせい》が立《た》ってた。

「来週《らいしゅう》の金曜日《きんようび》、一月《がつ》十五日《にち》には、みなさんのおうちにある、松《まつ》かざりを、持《も》ってきてください。」

松《まつ》かざり？

「松《まつ》かざりっていうのは、門松《かどまつ》や、しめなわなど、お正月《しょうがつ》のために、家《いえ》をかざっていたもののことです。それを、どんどやきで、もやすんです。」

どんどやき？　それ、年神《としがみ》くんが、いってたような……。

「どんどやきで、松《まつ》かざりや書《か》きぞめをもやしてこそ、ほんとうのお正月《しょうがつ》の終《お》わりなんですよ。このたいせつな行事《ぎょうじ》を、町内会《ちょうないかい》のおとしよりのご協力《きょうりょく》のもと、校庭《こうてい》でやることになりました。」

すると、教室《きょうしつ》のあちこちから、声《こえ》があがった。

「えーっ。書《か》きぞめ、もやしちゃうのぉ？」

「せっかく、いっしょうけんめい、書《か》いたのにぃ。」

でも、先生《せんせい》は、にこにこしてる。どうしてだろ。

そのとき、年神《としがみ》くんが、いってたこと、思《おも》いだした。

『これを、どんどやきでもやせば、字《じ》が上手《じょうず》になるからね。』

そうか！

「先生《せんせい》、書《か》きぞめを、どんどやきでもやすと、字《じ》が上手《じょうず》になるんですよね。」

先生《せんせい》の目《め》が、まんまるになった。

「へえ、さくらちゃん、よく知《し》ってるね！　そのとおり。でも、どんどやきには、ほかにも意味《いみ》があるんですよ。」

ほかにも？

「お正月《しょうがつ》のあいだ、みんなのおうちを守《まも》ってくれた年神《としがみ》さまは、どんどやきのけむりに乗《の》って、帰《かえ》っていくんです。」

年神《としがみ》さまが、帰《かえ》る？　あ、そういえば、年神《としがみ》くん、こうも、いってたっけ。

『さあ、おねえちゃん、書《か》きぞめしようか。ちゃんと、やってよ。おいら、帰《かえ》れなくなるからさ。』
じゃあ、どんどやきをすれば、年神《としがみ》くんに、
会《あ》えるかも！
そしたら、年神《としがみ》くんに、
あやまろう……。

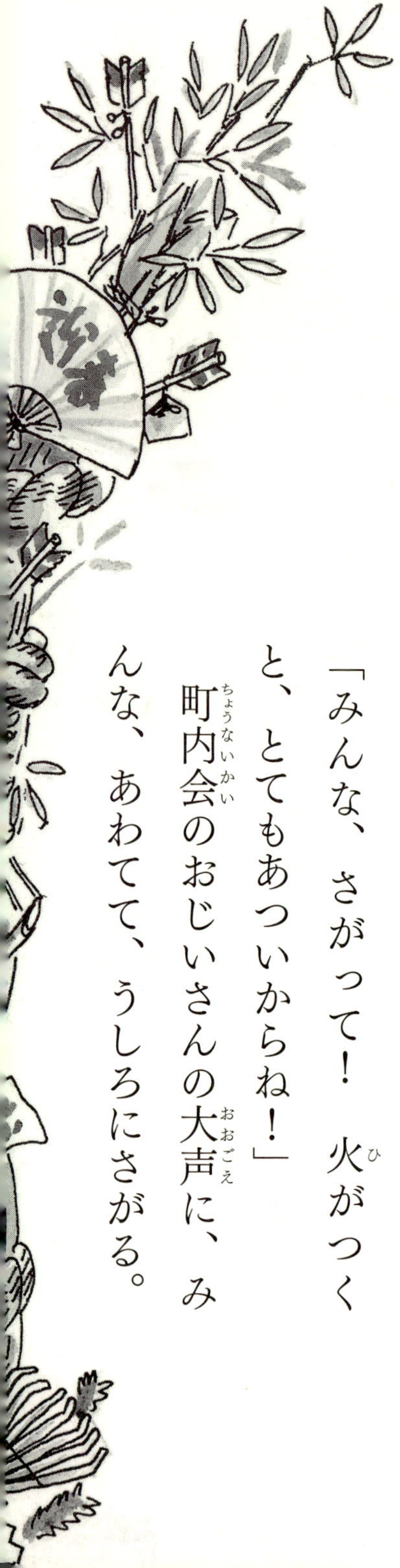

そして、いよいよ、一月《がつ》十五日《にち》。
校庭《こうてい》には、いらなくなった松《まつ》かざりが、うずたかくつみあげられてる。
「すごい！　きょだいなクリスマスツリーみたい！」
それもそのはず。だって、一年生《ねんせい》から六年生《ねんせい》まで全員《ぜんいん》、そして、先生方《せんせいがた》のおうちの松《まつ》かざりや書《か》きぞめが、ぜんぶ、集《あつ》められてるんだもの。

「みんな、さがって！　火《ひ》がつくと、とてもあついからね！」
町内会《ちょうないかい》のおじいさんの大声《おおごえ》に、みんな、あわてて、うしろにさがる。

「それじゃあ、
火《ひ》をつけまーす！」

最初《さいしょ》は、下《した》のほうに、
小《ちい》さな火《ひ》が、ともっただけ。
でも、松《まつ》かざりは、ほとんどが、
わらでできてるから、
あっというまに、めらめらと、
大《おお》きなほのおがあがる。

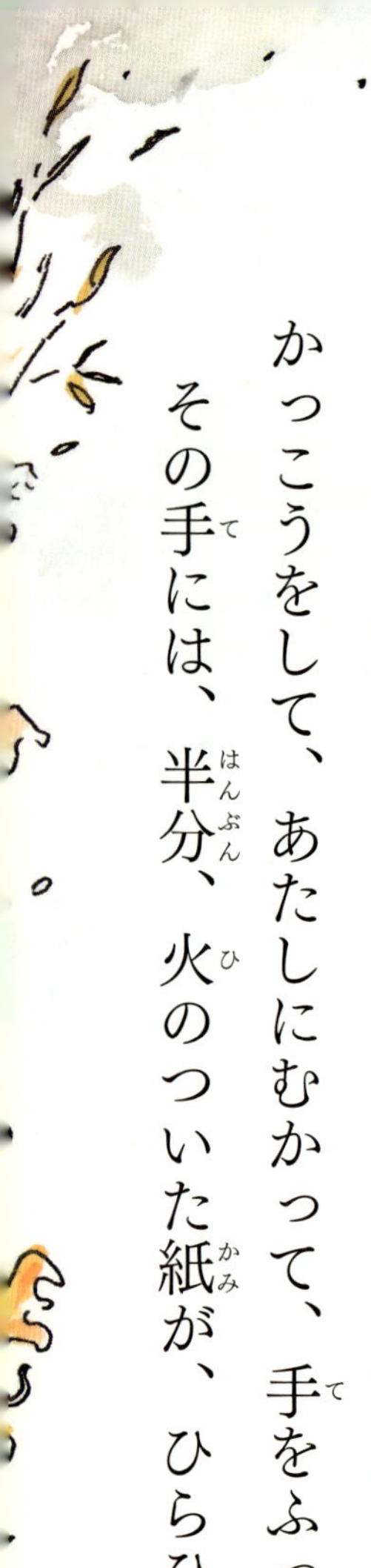

「うわぁ、もえてる、もえてる！」

「どんどやき、すごーい！」

うれしそうな声《こえ》が、あちこちから、あがる。

でも、あたしは、じっとだまって、ほのおを見《み》つめてた。

だって、どこかに、年神《としがみ》くんが、いるはず……。

「さくらちゃーん！」

ずっと上《うえ》から、声《こえ》がした。顔《かお》をあげると、うずをまいてのぼっていく、けむりの中《なか》に、小《ちい》さな男《おとこ》の子《こ》が見《み》えた。

いがぐり頭《あたま》に、ぷくぷくのほっぺ。神主《かんぬし》さんみたいなかっこうをして、あたしにむかって、手《て》をふってる。

その手《て》には、半分《はんぶん》、火《ひ》のついた紙《かみ》が、ひらひら。

「さくらちゃんの、書《か》きぞめだよ！『春《はる》はばけもの』！」

「と、年神《としがみ》くん！」

「ちゃんと、字《じ》が上手《じょうず》になるようにしてあげるからね！」

そのあいだにも、年神《としがみ》くんは、けむりといっしょに、くるくるまわりながら、どんどん空《そら》高《たか》く、のぼっていく。

「ご、ごめんね、年神《としがみ》くん。あたしのせいで、ぼくに食《た》べられちゃって。あたし、あやまりたくって……。」

「いいって、いいって。悪《わる》いのは、おいらだもん。」

え？

「ばくにしかられたんだ。おまえは、教《おし》えかたが、へたすぎる。さくらちゃんに、きらわれて、とうぜんだって。」

「そんなことないよ。よく考《かんが》えたら、あたし、年神《としがみ》くんのだじゃれ、楽《たの》しんでたんだよ……。」

それに、お正月《しょうがつ》のことも、よくわかったし。

「ほんとに？　だったら、来年《らいねん》のお正月《しょうがつ》までに、もっとおもしろいだじゃれ、考《かんが》えとく！」

え？　来年《らいねん》も来《き》てくれるんだ！

「わかった！　じゃあ、門松《かどまつ》を買《か》って、待《ま》ってるから！」

いまはもう、豆《まめ》つぶぐらいにしか見《み》えない年神《としがみ》くんに、あたしは声《こえ》をはりあげた。

「うん、たのんだよ！　それじゃあ、また来年《らいねん》〜。」

ああ、年神《としがみ》くん、行《い》っちゃった……。

「さあ、鏡開《かがみびら》きをするぞう。」

火《ひ》のまわりで、おじいさんや、おばあさんたちが、鏡《かがみ》もちを切《き》り分《わ》けている。

「こうして、お正月《しょうがつ》が終《お》わったあとに、みんなで鏡《かがみ》もちを食《た》べるのを、『鏡開《かがみびら》き』っていうんだよ。」

でも、おもち、開《ひら》いてないよね。切《き》ってるよね。

なのに、どうして、鏡開《かがみびら》きっていうの？

ま、いいや。それは、来年《らいねん》、年神《としがみ》くんに、教《おし》えてもらおう。
もちろん、だじゃれでね！

睦月《むつき》
ジャニュアリー
January

1月のまめちしき

「1月」にちょっぴりくわしくなる
オマケのおはなし

あけまして、おめでとう

さくらちゃんの家《いえ》におむかえした、だじゃれ好《ず》きの年神《としがみ》くん。年神《としがみ》くんのおかげで、さくらちゃんはお正月《しょうがつ》の行事《ぎょうじ》に、とてもくわしくなりましたね。

お正月《しょうがつ》に「あけまして、おめでとう」とあいさつするのも、年神《としがみ》さまをおむかえすることが、おめでたいからです。

年神《としがみ》さまは、先祖《せんぞ》の霊《れい》だと考《かんが》えられています。先祖《せんぞ》の霊《れい》が、住《す》んでいた近《ちか》くの山《やま》から子孫《しそん》を見守《みまも》るため、山《やま》の神《かみ》になります。山《やま》の神《かみ》は、春《はる》から夏《なつ》の田植《たう》えの時期《じき》には子孫《しそん》の米作《こめづく》りを見守《みまも》る田《た》の神《かみ》となります。収穫《しゅうかく》の秋《あき》がおわると、山《やま》にもどり、ふたたび山《やま》の神《かみ》となります。お正月《しょうがつ》には、その山《やま》の神《かみ》が年神《としがみ》さまとして、それぞれの家《いえ》にやってくるのです。

門松《かどまつ》が古《ふる》くは近《ちか》くの山《やま》から切《き》ってきた松《まつ》や竹《たけ》でつくられていたのも、山《やま》の神《かみ》である年神《としがみ》さまをおむかえするためなのです。

元旦《がんたん》と元日《がんじつ》って、どうちがう？

書《か》きぞめや年賀状《ねんがじょう》に、「元旦《がんたん》」と書《か》いたことがある人《ひと》は多《おお》いですよね。元日《がんじつ》は、年《とし》の最初《さいしょ》の日《ひ》、一月《がつ》一日《ついたち》のこと。元旦《がんたん》とは、元日《がんじつ》の朝《あさ》のことなんです。旦《たん》の字《じ》の下《した》の線《せん》は地平線《ちへいせん》で、日《ひ》は太陽《たいよう》のことなので、地平線《ちへいせん》からのぼる太陽《たいよう》をあらわしています。元旦《がんたん》とは元日《がんじつ》にのぼる太陽《たいよう》、つまり初日《はつひ》の出《で》のことで、そこから、元《がん》日《じつ》の朝《あさ》を意味《いみ》するようになったのです。

字《じ》がにているけど、そのちがいをおぼえておこう。

一日《にち》の計《けい》は朝《あさ》にあり、一年《ねん》の計《けい》は元旦《がんたん》にあり

一日《にち》の計画《けいかく》は朝《あさ》に決《き》めて、一年《ねん》の計画《けいかく》は元旦《がんたん》に決《き》めるべきである。なにごとも、最初《さいしょ》が大事《だいじ》であることをたとえて、こういいます。

一《いち》富士《ふじ》、二《に》鷹《たか》、三《さん》なすび

さくらちゃんは、初《はつ》ゆめでこわいゆめを見《み》ていましたが、初《はつ》ゆめに見《み》ると縁起《えんぎ》がいいものをあらわすことわざです。富士山《ふじさん》は、山《やま》すそがすえひろがりなので商売繁盛《しょうばいはんじょう》や子孫繁栄《しそんはんえい》を、鷹《たか》は高《たか》く飛《と》ぶので運《うん》が上《あ》がることを、なすはものごとを「成《な》す」を、それぞれ意味《いみ》しているという俗説《ぞくせつ》があります。いずれも徳川家康《とくがわいえやす》が好《この》んだものらしいですよ。

たから船《ふね》の絵《え》に書《か》かれる回文歌《かいぶんうた》

なかきよの　とおのねふりの　みなめさめ
なみのりふねの　おとのよきかな
（永《なが》き夜《よ》の　遠《とお》の眠《ねむ》りの　みな目《め》ざめ
波乗《なみの》り船《ふね》の　音《おと》のよきかな）

※前《まえ》から読《よ》んでも、うしろから読《よ》んでも、同《おな》じに読《よ》めます。声《こえ》に出《だ》して読《よ》むと、いい初《はつ》ゆめが見《み》られそうですね。

鏡開《かがみびら》きって、どうして開《ひら》くの？

さくらちゃんが最後《さいご》の「鏡開《かがみびら》き」のとき、切《き》っているのに開《ひら》くというのはなぜだろうと疑《ぎ》問《もん》に感《かん》じていましたね。

さくらちゃんは「来年《らいねん》、年神《としがみ》くんに、教《おし》えてもらおう」と思《おも》っていましたが、とくべつにお教《おし》えします。

あの場面《ばめん》では、子《こ》どもたちが食《た》べやすいように、包丁《ほうちょう》を使《つか》って切《き》っていました。けれど、ほんとうは手《て》や槌《つち》で割《わ》る（＝開《ひら》く）のが正《ただ》しいのです。包丁《ほうちょう》で切《き》ることは切腹《せっぷく》を連想《れんそう》させるので、さけられてきました。だから、鏡《かがみ》もちは切《き》るのではなく、開《ひら》くのです。

石崎洋司｜いしざきひろし

1958年、東京都生まれ。慶應義塾大学経済学部卒業。出版社に勤めた後、『ハデル聖戦記』でデビュー。講談社青い鳥文庫「黒魔女さんが通る!!」シリーズは小・中学生に熱い支持を受けている。『世界の果ての魔女学校』（講談社）で第50回野間児童文芸賞および第37回日本児童文芸家協会賞をダブル受賞。

澤野秋文｜さわのあきふみ

1981年、神奈川県生まれ。武蔵野美術大学視覚伝達デザイン学科卒業。広告関係を経て、現在マスコミ業界デザイナー。著書に、第34回講談社絵本新人賞佳作を受賞した創作絵本『それなら いい いえ ありますよ』（講談社）がある。

装丁／坂川栄治＋永井亜矢子（坂川事務所）
本文 DTP／脇田明日香

1月《がつ》のおはなし
なんてだじゃれなお正月《しょうがつ》

2013 年 11 月 25 日　第 1 刷発行
2018 年 6 月 1 日　第 3 刷発行

作　石崎洋司《いしざきひろし》
絵　澤野秋文《さわのあきふみ》
発行者　渡瀬昌彦
発行所　株式会社講談社
〒 112-8001 東京都文京区音羽 2-12-21
電話　編集 03-5395-3535　販売 03-5395-3625　業務 03-5395-3615
印刷所　共同印刷株式会社
製本所　島田製本株式会社

N.D.C.913 79p 22cm

ISBN978-4-06-218616-2